강 늘 길

우리들의 웃긴 시간을 기억하며.

# 영희와 제임스

wefic

# 영희와 제임스

## 강화길

위즈덤하우스

# 차례

새벽녘, 잠에서 깼다. 4시 31분이었다. 더는 잠이 오지 않았다. 나는 자리에서 몇 번 뒤척이다 거실로 나왔다. 용희가 식탁에 앉아 있었다. 뭐야, 진짜 왔네. 나는 놀랐지만, 내색하지 않으며 용희 옆으로 갔다. 그녀는 콩나물 무침, 그리고 단호박 조림을 먹고 있었다. 당연히 소주도 함께.

맛있나?

그러나 나는 묻지 않았다. 10년 전 용희와 나는 서로 연락을 끊었고, 이후 만나지 않았다. 하지만 우리는 동창이었다. 중학교와 고등학교를 함께 다녔고, 대학도 같은 곳을 졸업했다. 우리에게는 함께 아는 친구들이 있었다. 주영과 진희는 절교 사실을 알면서도 내게 계속 용희의 소식을 전했다. 무심하거나 잔인해서 그런 건 아니었다. 그냥 내 반응이 나쁘지 않아서 그랬던 것 같다. 그래, 그랬다. 실제로 나는 용희 소식을 듣는 일이 싫지 않았으니까. 나는 용희 이야기에 깜짝 놀라며 반문하거나, 큰 소리로 웃곤 했다. 당장이라도 용희를 만나러 갈 사람처럼 굴었다.

"용희가? 정말로 용희가 그랬단 말이야?"

때문에 주희와 진희는 용희와 내가 언젠가는 화해하리라 생각했던 것 같다. 그래서 내게 더 자주 소식을 전했던 거겠지. 그들은 아마 용희에게도 내 이야기를 계속 전했으리라.

용희의 반응은 어땠을까.


아무튼 나는 용희의 소식을 계속 듣고
살았다. 대학 때부터 사귄 영민과 헤어진 일,
힘들게 들어간 회사를 옮긴 이유, 공공임대
주택에 당첨된 사실, 갑작스러웠지만 희망이
있었던 첫 번째 수술과 항암 치료, 가능성이
희박했으나 역시 희망을 걸었던 두 번째 수술,
표적 치료, 연명 치료 중단. 그 시간 내내 나는
용희에게 연락하지 않았다. 그녀 역시 나를
찾지 않았다.

그러다 1년 전 칠석, 우리는 다시 만났다.

장례식 내내 비가 왔다.

오늘도 비가 올 것 같다.

나는 용희 옆에 앉았다. 그녀는 콩나물
무침을 먹은 뒤 소주를 한 모금 마셨고, 이어
젓가락으로 단호박 조림 한 조각을 반으로

잘라 입에 넣었다. 모두 용희를 위해 만든
반찬들이었다. 나는 별로 좋아하지 않는
단호박과 콩나물. 그런데 어제저녁, 재료를
손질하다가 갑자기 모르겠다는 생각이
들었다. 내가 아직도 단호박을 싫어하나?
아니면 좋아하나? 언젠가부터 이전에는 잘
먹던 음식을 먹지 않게 되었고, 전혀 선호하지
않던 것들을 오히려 더 찾아 먹게 됐다. 이런
날이 올 줄 몰랐다. 어릴 때는 야식도 자주
먹었고 군것질 없이는 하루를 마무리하지
못했으니까. 나는 식탐이 많았다. 대식가기도
했다. 한자리에서 과자 다섯 봉지 정도는
아무렇지 않게 먹어치웠고, 일주일 내내
저녁으로 양념 치킨만 먹은 적도 있었다.
부모님은 내게 자주 잔소리를 했다.

"어디 한번 크게 아파봐야 정신을 차리지."

그러나 아픈 날은 쉽게 오지 않았다.

덕분에 나는 꽤 오랫동안 닥치는 대로
아무거나 많이 먹었다. 좋아하는 걸
좋아하는 만큼 잔뜩 먹었다. 어떤 불안도
의문도 없었다. 그러던 어느 날, 나는 토마토
파스타를 한가득 만들었다. 4인분이 조금
넘었던 것 같다. 양파나 햄, 피망 같은 다른
재료는 전혀 넣지 않았다. 오직 마늘과
토마토소스 그리고 면만 넣어 만들었다.
그걸 원했으니까. 그랬다. 나는 면을 입에
가득 넣고 오래오래 씹고 싶었다. 두툼한
면이 목구멍 아래로 끝없이 밀려 내려갔으면
했다. 쉴 틈 없이 먹고 또 먹는 그 기분을
오래도록 느끼고 싶었다. 하지만 막상
파스타를 다 만들고 나니 당황스러웠다.
뭔가 달랐다. 그래, 생각과 달랐다. 많이
달랐다! 음식을 앞에 두고 겁에 질린 건
난생처음이었다. 내가 정말로 이런 걸

원했나? 그랬나? 혼란스러웠다. 나는 한참을
머뭇거리다 간신히 포크를 쥐었고, 천천히
면을 말아 입에 넣었다. 맛있었다. 그랬다.
소스의 간은 적당했고 잘 익은 면의 식감도
제법이었다. 하지만 기분이 좋지 않았다. 그
기분은 글쎄……. 그래. 지겨웠다. 생각보다
맛있고, 그래서 얼마든지 먹을 수 있을 것
같은 그 파스타가 나는 너무나도 지겨웠다.
어떻게 이럴 수 있지? 입안에서 뭉텅뭉텅
잘려나가는 면발과 혀 아래로 스며드는
토마토소스의 맛이 그렇게 끔찍할 수 없었다.
나는 다시 겁에 질렸다. 주변 모든 것이
낯설었고, 세상에 나 혼자만 남은 기분이었다.
그래서 나는 용희에게 전화를 걸었다.
주회와 지민에게는 연락하지 않았다. 이런
기분에 휩싸일 때 내가 떠올리는 사람은
용희뿐이었으니까.

그래. 언제나 용희뿐이었다.

'이거 간장으로 조린 거야?'

용희가 단호박 조림을 가리키며 말했다.
나는 고개를 끄덕이며 슬며시 그녀의 표정을
살폈다. 맛있다는 건지 맛없다는 건지
도통 알 수 없었다. 특별한 일은 아니었다.
용희는 언제나 그랬으니까. 그게 용희의
매력이었다. 기분이 좋은지 나쁜지 도무지
속을 알 수 없다는 것. 용희의 감정을 알 수
있을 때는 오직 '영희'에 대해 말하는 순간,
그때뿐이었다. 피곤하거나 곤란하다고 생각한
적은 없다. 용희를 좋아할 때는 그랬다.

그리고 나는 아주 오랫동안 용희를
좋아했다.

'오늘 뭐 하니?'

용희가 또 물었다. 나는 대답했다.

"병원 가."

'병원?'

"응, MRI 찍어야 돼."

'왜?'

"어깨가 아프거든."

지난달 어느 아침 기지개를 펴는데, 오른쪽 날개뼈 부근에서 미세한 통증이 느껴졌다. 누군가 내 등을 얇은 바늘로 콕콕 찌르는 듯했다. 잠깐 이러다 말겠지 싶었는데, 통증은 매일 조금씩 더 심해졌고 지난주에는 오른팔을 들어 올리기 힘든 지경이 되었다. 이제는 가만히 있어도 아팠다. 정형외과 두 군데, 신경외과 한 군데, 꽤 유명한 통증의학과 한 군데를 돌아다녔지만 별 차도는 없었다. 병명도 불확실했다. 상세 불명의 근막통증증후군.

용희가 말했다.

'멀쩡해 보이는데?'

나는 고개를 돌리며 대답했다.

"아픈 건 아픈 사람만 아는 법이니까."

용희는 아무 말도 하지 않았다. 고개를 돌렸기 때문에, 나는 그녀의 표정이 어떤지 알 수 없었다. 그러나 눈을 마주 보고 있었다 해도 나는 용희의 마음을 알 수 없었을 것이다. 언제나 그랬으니까.

솔직히, 오늘 용희가 나를 찾아온 이유도 잘 모르겠다.

용희의 목소리가 다시 들렸다.

'그럼 몇 시에 가?'

"아홉 시. 예약해뒀어."

'그래?'

"응."

'그럼 병원 끝난 뒤에는 뭐 해?'

"밥 먹어야지."

'그리고?'

나는 잠시 침묵했다. 그리고 대답했다.

"'영희' 보러 가."

용희는 말이 없었다.


'영희'는 우리가 함께 좋아한 인디
밴드였다. 그렇게 대단히 옛날이라 할 수는
없지만, 어쨌든 그 시절 그 촌구석에서 한없이
진지한 글램록 밴드를 좋아하는 친구를
찾는다는 건 정말 어려운 일이었다. 아니,
기적에 가까웠다. 때문에 나는 용희를 만났을
때 무척 기뻤다. 너도 '영희'를 좋아해? 정말?
내가 좋아하는 걸 너도 좋아한다고?

운명이라고 생각했다.

아니, 운명이 맞았다.

심지어 용희의 이름은 용희였다. 용희와
'영희', '영희'와 용희, 나의…… 그래. 그랬다.

하지만 용희는 내 마음이 애매하다고

생각했다.

"너는 왜 그렇게 소극적이야? 좋아하면
표현해야지. 안 그래?"

나는 별다른 반박을 하지 못했다.
사실이었으니까.

용희는 '영희'를 보러 홍대 앞 클럽에 두
번이나 다녀왔고 최신 앨범은 물론 구하기
힘든 초창기 앨범까지 모두 다 갖고 있었다.
멤버 네 명의 친필 사인도 당연히 갖고
있었다. 용희는 그 모든 수집품들을 귀한
보물처럼 다루었고, 나는 감히 그것들을
만져보고 싶다는 생각조차 하지 못했다.
정성. 진심. 온 힘을 다한 표현. 기껏해야
인터넷 팬 카페에 가입한 일이 전부였던
내게 용희의 모습은 무척 인상적이었고,
놀라운 구석이 있었다. 오직 '영희'를 위해
용돈을 아끼고, 부모님 몰래 아르바이트를

하던 용희. 도서관에 간다고 거짓말을 한 뒤, 홀로 고속버스를 타고서 서울로 떠나던 용희, 나의 대담한 친구. 그녀는 '영희'의 멤버들을 오빠와 언니로 불렀다. 보컬리스트 민지 언니. 베이시스트 강희 오빠. 기타리스트 정석 오빠. 드러머 장연 언니. 용희는 그중 장연 언니를 가장 좋아했다. 아니, 제임스했다.

그래. 제임스.

'영희'의 대표곡이었던 〈제임스의 하루〉에서 가져온 표현. 용희는 자신의 블로그 〈나의 제임스〉에 이렇게 썼다.


*이상적인 사랑과 우정. 관계에 대한 표현들 중 제임스보다 정확한 표현은 없다. 이것은 새로운 언어다. 나는 영희를 제대로 제임스할 것이다. 그렇게 살기로 결정했다.*

결정했다.


　용희는 거의 날마다 '영희'의 동영상이나
사진 자료를 편집해서 업로드했고, 그에
관한 글을 썼다. 무언가를 좋아하는 마음을
어떻게 표현해야 하는지, 무엇이 솔직한
언어인지 나는 용희의 글을 통해 배웠다.
〈나의 제임스〉를 찾아오던 이들 역시
그랬던 것 같다. 그들은 용희의 글에 공감의
댓글을 남겼고, 이웃을 신청했고, 친해지고
싶다는 메시지를 보냈다. 대부분 우리 또래
여자들이었지만, 종종 남자들도 있었다.
용희를 만나고 싶어 하는 남자들. 성인
남자들.
　"혹시 만난 적 있어?"
　언젠가 내가 떨리는 목소리로 물었을 때,
용희는 귀찮다는 듯 대답했다.

"아니, 고백만 몇 번 받았지."

그때 나는 무척 안심했다. 용희의 안전을 확인해서 그런 게 아니었다. 그녀에게 가장 가까운 사람이 아직 나라는 사실에 안도했기 때문이었다. 〈나의 제임스〉의 주인 용희. '영희'의 팬들이 경쟁하며 찾고, 만나고 싶어 하는 용희. 남자들. 성인 남자들마저 눈독 들이는 매력적인 용희. 나의 용희.

용희는 블로그 이웃들을 '제임스'라고 불렀다.

어느 오후, 그런 일이 있었다.

평소처럼 용희의 글을 정독하던 나는 우연히 어느 아이디 하나를 발견했다. '지니'. 그는 〈나의 제임스〉의 모든 포스트에 댓글을 남겼다. 꽤 열렬하구나. 그리고 몇 분 뒤 나는 아연실색했다. 지니의 블로그는 〈나의 제임스〉와 똑같았다. 그랬다. 지니는

용희의 글을 모조리 베껴서 자신의 블로그에
똑같이 포스팅을 했던 것이다. 그리고 그게
끝이 아니었다. '몽'과 '철수'도 그랬다.
'주준'과 '제인'도 그랬다. 그들의 블로그는
용희의 블로그와 똑같았다. 모조리 다 〈나의
제임스〉였다. 다음 날, 나는 떨리는 목소리로
용희에게 목격한 사실들을 전했고, 이어
놀라운 진실을 들었다.

"아 그거? 제임스하는 거야."

무슨 말인지 알아듣지 못하는 내게
용희가 찬찬히 설명했다. '영희'의 팬들끼리
서로 같은 글을 읽는 것. 같은 글을 똑같이
포스팅하는 것. '영희'에 대한 글을 똑같이
공유하고 계속 퍼뜨리는 것.

"세상에! 그럼 네 글이 퍼지고 있는 거야?
그래서 네가 이 사람들을 제임스라고 부르는
거야?"

용희는 대답하지 않았다. 살짝 미소만
지었다.

그날 나는 '영희'의 팬 카페를 탈퇴했다.
굳이 그곳에 머물 이유가 없다는 걸
깨달았으니까. 내게는 용희가 있었다. 모두가
기다리는 글을 쓰는 용희. 모두가 공유하는
글을 쓰는 용희. 제임스들의 제임스. 그리고
그녀의 곁에 있는 나.

그런데 〈제임스의 하루〉는 무슨
노래였더라.

사랑 노래였나. 아니, 이별 노래였나?
가사보다는 멜로디가 더 기억에 많이 남는다.
화려한 기타 연주가 많이 들어간 노래.
〈제임스의 하루〉는 '영희'의 데뷔 앨범에
실렸던 곡이었고, 장연 언니의 작품이었다.
아 그래, 장연 언니. 데이비드 보위를 닮은
얼굴. 큰 키. 진한 스모키 화장. 창백한 입술.

귓불의 두툼한 피어싱. 열 개의 손가락을 꽉
채운 반지들. 트레이드 마크처럼 입고 다니던
가죽 재킷. 용희에 따르면 장연 언니는 연애를
하지 않았다. 음악을 제대로 제임스하고
있었으니까. 여성 드러머가 적은 음악계에
새로운 희망과 가능성을 열어준 사람. 그런데
공교롭게도 나는 용희의 그 확고한 믿음
때문에 장연을 제임스하지 못했다. 뭐랄까,
장연을 제임스할 자격은 오직 용희에게만
있는 것 같았다. 만일 내가 장연을 좋아하면
용희가 싫어할 것 같았다. 그래서 나는
장연을 포기하고 보컬인 민지를 선택했다.
그녀를 언니라고 부르게 됐다. 그때의 습관
때문인지, 지금도 프로그램 어디선가 그녀를
보면 곧장 언니라는 말이 튀어나온다. 예쁜
민지 언니. 노래를 잘하고 말수가 적었던
민지 언니. 스탠드 마이크에 매달리다시피 한

채로 노래하던 민지 언니. '영희'를 가장 먼저
탈퇴했던 민지 언니. 이제는 두 아이의 엄마가
된, 음악 경연 프로그램의 냉혹한 심사 위원
박민지. 나는 그녀를 보면서 단어를 찾는다.
지금의 저 사람을 설명할 수 있는 가장 정확한
표현은 무엇일까? 아름답고 사랑스럽고
우아하고…… 어쩐지 더 확실한 언어가 있을
것 같은데, 분명 그럴 텐데, 잘 모르겠다. 민지.
민지 언니.

　나의 제임스.

　그러나 용희에게 나의 그 모든 마음은
싱겁기 짝이 없었다. 애매했다. 그녀는 나를
이해하지 못했다. 내가 자신처럼 담대하지
못한 것. '영희'를 위해 위험을 무릅쓰지
않는 것. 용희에게 나는 소심하고 용기 없는
소녀였다. 연예인을 좋아하는 걸 끔찍하게
싫어하는 부모님. 겨우 나의 마음 따위를

위해 돈을 쓰는 것에 대한 죄책감. 소극적인
성격. 그런 장벽을 결코 뛰어넘지 못하는
아이. 하지만 용희가 모르는 사실이 있었다.
그러니까…… 나는 '영희'를 좋아하긴 했지만,
용희와 함께 '영희'를 제임스하는 것이 더
좋았다. 함께 누군가를 언니라고 부르고,
그들의 재능을 칭찬하고 감탄하고 사랑하는
것. '영희'의 건너편에 용희와 나, 그러니까
'우리'가 있다고 믿는 것. 우리가 함께
바라보는 존재. 그들을 향한 환희. 그 기쁨을
있는 그대로 느끼는 것. 용희와 함께 있을
때면 내 마음은 언제나 충만했다. 그런데 뭐
하러 굳이 '영희'를 직접 보러 간단 말인가.

　　하지만 열아홉 살 겨울, 나는 '영희'의
공연에 갔다.

"움직이지 마세요!"

날카로운 목소리에 나는 눈을 번쩍
떴다. 나도 모르게 잠들었던 모양이다. MRI
촬영은 이걸로 세 번째였는데, 할 때마다
낯설고 꺼림칙했다. 커다란 원통 기계 속에
들어가 귀를 쩌렁쩌렁 울리는 소음을 들으며
한참 동안 누워 있어야 했으니까. 어릴 적
봤던 만화책이나 영화에 나온 미래 기계에
들어가 있는 듯했다. 꼭 다른 세계로 날아갈
것만 같았다. 아, 드디어 이 세상에서 사라질
수 있는 거야? 잊거나 잊힐 수 있는 거야?
그렇다면 이건 시험이었다. 세상을 떠날
자격이 있는지 없는지 판단하기 위한 시험.

그리고 매번 나는 자신이 없었다. 왜
그런지는 모르겠지만, 나는 MRI가 꼭 내
생각을 읽어낼 것만 같았다. 머릿속을 있는
그대로 몽땅 찍어낼 것 같았다. 그래서 나는

어떻게든 생각을 멈추려 노력했다. 눈을 감은 채 한곳에만 집중하며 숨을 가라앉혔다. 어떤 마음도 갖지 말자. 어떤 말도 흘리지 말자. 그렇게 멍하니 있다 보면 잠이 쏟아졌다. 물론 그 역시 걱정되는 일이었다. 만일 꿈이라도 꾼다면, 그것이야말로 내가 막을 수도 중단할 수도 없는 일이었으니까.

나는 이번에도 꿈을 꿨을까.

대기실 의자에 용희가 앉아 있었다. 나는 그녀의 시선이 닿은 곳으로 고개를 돌렸다. 책자들이 꽂혀 있었다. 이 병원에 처음 왔을 때, 나도 저 책자들을 꼼꼼히 들여다봤다. 영상의학과의 검사들로 어떤 병을 발견할 수 있는지, 조기 발견이 얼마나 중요한지, 그런 것들이 적혀 있었다.

용희는 마흔이 다 되도록 건강검진 한
번을 받지 않았다고 했다.

나는 용희 옆에 앉았다. 그녀는 내게
질문하지 않았다. 집에 갈 거냐든가, 다
끝났냐든가 뭐 그런 것들. 용희는 알고 있는
것이다. 아직 끝나지 않았다는 것. 검사
결과가 담긴 시디와 판독지를 받을 때까지
기다려야 한다는 것. 우리는 병원 한구석에
앉아 차례를 기다렸다. 나는 오래전, 파스타를
먹던 그날을 떠올렸다. 그때 용희는 내게
말했다. 이해한다고, 알고 있다고, 자기도 그런
적이 있다고. 이유 없이 서러워지고 삶의 모든
것이 실망스러워지는 순간이 있다고. 그럼
너는 어떻게 해? 내 질문에 용희는 비장하게
말했다.

"그래도 살아가야지. 제임스해야지."

그날 저녁 용희는 이 대답을 〈나의
제임스〉에 올렸다.

나는 오른쪽 어깨를 주무르며 물었다.

"점심에 파스타 먹을까."

'그럴까.'

나는 이 동네 식당들을 하나씩 떠올렸다.
골목 어귀에 있는 작은 가정식 파스타집. 역
앞에 있는 프랜차이즈 레스토랑. 이 근방에서
가장 유명한 퓨전 음식점. 용희는 그중 어느
곳에도 가본 적이 없었다. 애초 이 동네에 온
적이 없었으니까. 그랬다. 1년 전 이 동네로
이사 온 뒤 나는 그 누구도 집에 초대하지
않았다. 어차피 찾아오겠다는 사람도 없었다.
때문에 오늘 새벽, 용희를 봤을 때 나는 놀랄
수밖에 없었던 것이다.

정말 나를 찾아온 건가? 나를?

'토마토 파스타 맛있는 곳으로 가자.'

용희의 말이 끝나자마자 병원 데스크에서 내 이름을 불렀다. 우리는 함께 일어났다. 영상 시디와 판독지를 받고, 수납을 하는 동안 용희는 계속 내 옆에 서 있었다. 열아홉 살 겨울, '영희'의 공연을 보던 때처럼, 〈제임스의 하루〉를 듣던 그 순간처럼.

그날 공연에 다녀온 뒤, 용희는 블로그에 이렇게 썼다.

*모든 것이 완벽하다. 세상의 중심이 된 기분이다. 영희는 언제나 내게 이런 행복을 선사한다. 절대 잃어버리지 않을 것이다. 나의 제임스.*

거짓말이었다.

'오늘 공연은 몇 시야?'

용희가 물었다. 나는 왼손으로 포크를
집어 들며 대답했다.

"여섯 시."

'그래?'

"응."

그 순간 나는 잠시 생각했다. 팔이
이렇게 아픈데 공연에 가도 되나? 팔을 흔들
수도 없고, 감동의 박수를 칠 수도 없는데
괜찮을까. 기분이 가라앉았다. 나는 용희를
바라봤다. 그녀는 더는 궁금한 게 없다는
듯, 앞에 놓인 토마토 파스타를 먹는 데만
열중하고 있었다.

그해 공연에 다녀온 뒤 우리 관계는
조금씩 삐걱거렸지만, 겉으로는 크게
달라지지 않았다. 계속 함께 어울렸고 맛있는
걸 먹으러 다녔다. 하지만 뭔가 달라졌다고,
분명 달라져버렸다고, 나는 계속 느꼈다.

변화는 '영희'에게도 있었다. 장연 언니와 유명 모델의 열애설이 보도되었다. 그들은 사귄 지 5년이 넘었다고 했다. 민지 언니는 밴드를 탈퇴했다. 몇 달 뒤 남자 멤버 두 명이 따로 앨범을 냈다. 잘되지 않았다. 이후 '영희'는 서서히 잊혔다. 대단한 스타는 아니었지만, 그래도 나름 인기 있던 밴드였다. 하지만 그들은 너무도 쉽게, 아무렇지 않게 사라져버렸다. 그리고 나도 그들을 서서히 잊었다. 그와 함께 용희를 만나는 날도 줄었다. 스물두 살이 되었고, 아르바이트를 많이 했고, 공무원 시험을 봤다가 떨어졌다. 애초 간절하지 않았기에, 아쉽지 않았다. 모든 게 그랬다. 다 그저 그랬다. 애매하고 싱거운 나날들. 그러던 어느 날 용희의 블로그가 폐쇄된 걸 발견했다. 용희가 영민과 사귄다는 소식을 들었다.

의외로 별로 놀랍지 않았다.

아, 궁금한 건 하나 있었다.

딱 하나. 그래, 그거 하나.

용희는 영민을 제임스할까?


우리는 식당 밖으로 나왔다. 배가 불렀다.
집까지 걸어가기로 했다. 점심시간이 조금
지났을 뿐인데 벌써 날이 어둑어둑했다.

'비가 올 것 같네.'

용희가 중얼거렸다. 새삼 오늘이
칠석이라는 게 실감 났다. 그래. 칠석에는
비가 오곤 하지. 앞으로도 나는 칠석을 이런
식으로 기억하겠구나. 비가 오는 날. 어두운
날. 그리고 용희 네가……. 나는 고개를
흔들었다. 이 기분에 깊이 빠져들기 싫었다.
적어도 지금 이 순간만큼은 그랬다. 나는
용희에게 물었다.

"요즘 '영희'가 무슨 노래 부르는지 알아?"

용희가 고개를 갸웃거렸다. 내가 왜 이런
질문을 하는지 이해할 수 없다는 표정이었다.
그래. 모르겠지. 너는 이제 더 이상 '영희'에게
관심이 없지. 너는 이제 더 이상 나와 '영희'
이야기를 하지 않지. 너는 이제 더 이상…….
그때, 머리 위로 갑자기 빗방울이 후두둑
떨어졌다. 그리고 순식간이었다. 굵은
빗줄기가 거세게 쏟아지기 시작했다. 나는
다급히 주변을 둘러봤다. 저편 골목 어귀에
편의점이 보였다. 깊이 생각할 필요 없었다.
뛰기 시작했다.

"어휴."

숨을 몰아쉬며 편의점 문을 열자마자,
낯선 시선들이 나를 향해 한꺼번에
몰려들었다. 나는 그 눈빛들을 모른 척하며
편의점 계산대로 다가갔다.

직원이 무심한 목소리로 대뜸 말했다.

"우산 다 떨어졌어요."

등 뒤에서 키득거리는 웃음소리가
들려왔다. 여기 들어왔을 때부터 나를
쫓아오던 시선들. 테이블에 옹기종기 모여
앉은 여자아이들의 목소리였다. 이제 겨우
중학생이나 되었을까. 교복 차림의 그
아이들은 테이블에 삼각 김밥과 라면, 바나나
우유, 봉지 과자 들을 너저분하게 늘어놓고서,
나를 계속 힐끔거렸다. 귓속말을 하며 웃음을
터뜨렸다. 왜? 알 수 없었다. 내가 너무
젖어서? 안색이 좋지 않아서? 나이 들어
보여서? 직원이 쌀쌀맞게 대해서? 무안을
당한 것 같아서? 그런 건 다 우습고 재미있는
일이니까? 나는 이 자리를 떠나고 싶었다.
하지만 비바람이 몰아치고 있었다. 거세게. 더
거세게.

아, 그런데 용희. 어디로 갔지? 가버렸나?

아니었다. 용희는 과자 매대 앞을
서성이고 있었다. 그녀는 꽤나 신중한
표정으로 과자들을 가리키며 내게 조곤조곤
이야기했다. 이건 새로 나온 제품이고,
이건 용량이 줄어들었고, 또 저건 여전히
좋아하는 거라고. '영희'에 대해 이야기할
때처럼. 그래. 함께 어울려 다니던 시절처럼.
어지간히 먹으러 다니던 시절처럼. 그때
우리는 학교 급식을 먹고서 라면을 먹으러
갔고, 아이스크림을 먹고 과자를 먹고 또
빵을 먹었다. 주영과 진희는 혀를 내둘렀고
지긋지긋해했다. 그만 좀 먹어라. 그만 좀.
하지만 나와 용희는 먹는 게 좋았고, 뭘
먹을지 이야기하는 것도 좋았다. 생각해보면
우리도 편의점 테이블에 자주 머물렀다.
그리고 많이 웃었다. 특별한 일이 없는데도

그냥 웃었다. 항상 시끄럽게 웃었다. 그런
적도 있었다. 컵라면을 먹으면서 '영희'의
새 앨범에 대해 이야기하던 날이었다. 그래.
그런 날이었던 것 같다. 용희는 심각한
목소리로 '염세', '멸망' 같은 단어들을 많이
썼고, 나는 계속 고개를 끄덕였다. 하지만
실제로 나는 용희의 말을 잘 알아듣지 못했다.
궁금하기도 했다. 용희는 왜 '영희'가 어둡고
스산한 음악을 만들 것이라 생각하는 거지?
왜 그들이 사랑 노래를 부르지 않으리라
확신하는 거지? 그러나 나는 묻지 않았다.
용희의 말은 늘 옳았으니까. 그러다 갑자기
우리는 웃음을 터뜨렸다. 분명 멸망과 저주에
대해 이야기하고 있었는데, 왜 웃었을까?
우스운 광경을 목격한 것도 아니었고, 주변
사람들 흉을 본 것도 아니었다. 잘 기억이
나지 않는다. 그냥 갑자기 웃기 시작했다는

것만 확실하다. 쉽게 멈추지 못했던 것도.

　　돌이켜보면 그렇다. 그 시절 우리는 어떤
감정에 한번 빠져들면 거기서 잘 벗어나지
못했다. 멈추지 못했다. 방법을 잘 몰라서
그랬던 것 같기도 하고, 그 감정에 일부러
오래 젖어 있었던 것 같기도 하다. 그냥 그게
좋았으니까.

　　그래도 우리가 시끄럽다는 것 정도는
알았다. 적어도 나는 그랬다. 용희도
그랬으리라. 그러니까 누가 뭐라 하기도
전에 손을 뻗어 서로의 입을 틀어막았던
거겠지. 하지만 그 역시도 장난처럼 느껴졌고,
웃음을 참기 어려웠다. 보기 싫었겠지.
소란스러웠겠지. 이해한다. 그래서 오해를
했을 수도 있지. 그래. 역시 이해한다.

　　그래도 미친년들이라니.

　　정말로 들었다. 우리 옆에서 포도 주스를

마시고 있던 남자였다. 피부가 까무잡잡하고
수염이 덥수룩했다. 서른 중반쯤 되어 보였고,
검은 뿔테 안경을 끼고 있었다. 덩치나
키가 큰 편은 아니었다. 관공서나 학교
같은 곳에서나 만나볼 법한 깔끔한 인상의
남자였다. 그리고 입술이 보라색으로 물들어
있었다. 그 때문에 처음에 실감을 못 했던 것
같다. 이 사람은 뭘까. 입술 색깔이 왜 저럴까.
주스 때문인가. 지금 무슨 말을 한 걸까. 아,
우리에게 한 말인가? 미친년들? 우리? 나와
용희? 사태를 파악한 뒤, 내 얼굴은 뜨겁게
달아올랐다. 용희도 마찬가지였다. 그녀의
얼굴에 분노가 가득했다. 아니, 용희는 거기서
멈추지 않았다. 그녀는 주먹을 꽉 쥔 채
자리에서 벌떡 일어나 남자에게 외쳤다.

"아저씨, 지금 뭐라고 했어요?"

남자는 우리에게 전혀 미안해 보이지

않았다. 머쓱해하거나 민망해하는 것 같지도 않았다. 오히려 그는 손끝으로 안경을 치켜올리며 용희를 위아래로 훑어봤고, 이어 나를 쳐다봤다. 천천히 혀를 내밀어 보라색 입술을 스윽 핥았다. 우리에게 다시 말했다.

"미친년들."

❖

나는 조청유과 하나를 집어 들었다. 용희와 나는 이 과자를 바닐라 아이스크림에 찍어 먹는 걸 좋아했다. 이제는 그럴 엄두가 나지 않았다. 너무 달고 느끼할 테니까.

하지만 계산했다. 조청유과와 하겐다즈 바닐라 아이스크림. 이번에 직원은 별말이 없었다.

나는 여학생들로부터 조금 멀리 떨어져

있는 입식 테이블 쪽에 자리를 잡았다. 용희가
따라왔다. 우리는 비바람이 몰아치는 바깥
풍경을 바라보며 나란히 섰다. 잠시 그대로
있었다.

아이스크림에 찍어 먹는 과자는 차갑고,
달고, 바삭하고…….

'똑같네.'

용희가 말했다. 나는 물었다.

"뭐가?"

'맛이 예전과 똑같다고.'

"그래서 별로야?"

'그런 말이 아니라는 거 잘 알잖아.'

나는 과자 하나를 다시 집어
아이스크림에 푹 찍었다. 한입 베어 물었고,
남은 조각을 아이스크림에 또 찍었다. 나는
말했다.

"잘 모르겠는데."

'응?'

"나는 네 마음을 언제나 잘 모르겠다고."

오늘 몇 번이고 그랬던 것처럼, 용희는
다시 조용해졌다. 나는 과자 조각을 입에
넣었다. 과자는 그새 조금 눅눅해져 있었다.
나는 오늘 먹은 것들을 생각했다. 단호박
조림, 콩나물 무침, 소주 반 잔, 식전
마늘빵, 토마토 파스타, 생수 500밀리미터,
아이스크림과 조청유과.

그해, 공연을 보고 집으로 돌아오는 버스
안에서도 조청유과를 먹었다. 아니, 용희
혼자 다 먹었다. 나는 먹지 않았다. 그런 날은
처음이었다. 용희가 과장된 목소리로 되묻던
순간이 기억난다.

"정말? 진짜 안 먹어?"

나는 입을 꾹 다문 채 고개를 끄덕였다.
그리고 등받이에 머리를 기댔고, 눈을 감았다.

짜증이 나서 견딜 수가 없었다. 용희가
아무렇지 않은 척하는 모습이 꼴 보기 싫었다.
화가 났다. 나는 용희에게 다른 질문을 듣고
싶었다. 조청유과 따위를 먹겠냐는 그런
천연덕스러운 질문 말고 내 기분, 내 마음을
살피는 말을 건네줬으면 했다.

하지만.

그날 용희가 내게 이유를 물었다면, 과연
나는 대답했을까. 곧이곧대로 말했을까? 내
마음을 정확히 표현하는 단어를 찾아 건넬 수
있었을까.

12월이었다.

우리는 고향 근처 대학교에 수시

원서를 넣었고, 어렵지 않게 합격했다. 다른 학과였지만 학교 규모가 무척 작았기 때문에 고등학교 때와 별 차이가 없었다. 어차피 정해진 진로를 따라갔을 뿐이다. 우리는 학교 졸업 후 공무원이 되거나, 지역의 작은 기업들 중 하나에 취직할 예정이었다. 새로운 인생이 시작되었다는 느낌이 없었다. 심심했다. 그래서 나는 편의점 아르바이트를 구했다. 아침 9시부터 오후 1시까지, 담배와 삼각 김밥을 계산하고 잔돈을 정리하며 시간을 보냈다. 그리고 매일 편의점으로 용희를 불러 점심을 먹었다. 근처 분식집에서 떡볶이나 김밥을 먹는 날도 있었다. 그러고는 함께 극장에 가거나 만화방에 갔다. 부모님은 여전히 피곤한 얼굴로 출퇴근을 반복했고, 내가 텔레비전 앞에 붙어 앉아 있으면 살짝 얼굴을 찌푸렸지만 이전처럼 다른 소리를

하지는 않았다. 아니, 전혀 아무 말도 안
했다. 얼마 전까지만 해도 쓸데없는 짓이었던
것들이 얼마든지 해도 상관없는 것들로
뒤바뀌어 있었다. 나는 불안해졌다. 시간은
많고 할 일은 없고, 뭐라고 하는 사람은 없고,
그래서인지 뭐든 해야 할 것 같고, 하지만
무엇을? 나는 대체 무엇을 해야 하지?

어떻게 살아야 하지?

계속 그렇게 살게 되리라는 걸 알았어야
했다.

아무튼 그때, 용희가 '영희'의 연말
공연 소식을 들고 왔다. 그녀는 평소보다
수다스럽게 떠들었다. '영희'가 어떤 캐롤을
노래할지, 어느 차례에 〈제임스의 하루〉를

부를지, 장연 언니의 의상은 어떨지……. 나는
처음으로 상상했다. 아니, 상상해볼 수 있었다.
더 이상 나를 나무라는 사람이 없었으니까.
용돈도 벌고 있었으니까. 시간도 있었다.
어떻게든 써야 할 것 같은 시간. 무엇이든
해야 할 것 같은 시간. 그리하여 나는
적극적으로 상상했다. 용희와 함께 공연장에
서 있는 모습을 말이다. 그리고 또 상상했다.
우리를 바라보는 다른 사람들을. 지방의 작은
마을에 살고 있고, 앞으로도 그 마을에서 살게
되겠지만, 그 누구보다 '영희'를 사랑하고,
영향력을 갖고 있는 소녀. 그리고 그녀의
친구. 용희와 나. 나와 용희. 그리고 제임스.

　　나는 용희에게 말했다.

　　"나도 갈래."

　　용희가 놀란 눈빛으로 나를 쳐다봤다.
나는 다시 말했다.

"나도 '영희'를 만나고 싶어."

용희는 언제나 내 마음이 애매하다고
말했다. 생각해보면 그 역시 일종의
확신이었다. 내가 절대 변하지 않으리라는
믿음.

단 한 번이라도, 그 이유에 대해
생각해봤다면 뭔가 달라졌을까.

아니, 똑같았을 거야.

이제 무엇부터 이야기해야 할까.
터미널에 도착하자마자 용희와 말다툼을 한
일? 아니다. 싸움은 아니었다. 그래. 용희의
말에 내가 주눅 든 일에 불과하다. 그녀는
내 옷차림이 별로라며 핀잔을 줬다. 넉넉한

후드티에 청바지. 그녀는 말했다. 내가 지방
사람인 걸 다 티 내고 다닌다고. 나는 할
말이 없었다. 실제로 나는 평소와 비슷하게
입고 나왔으니까. 고향에서 입던 것처럼,
마을을 돌아다니던 날들처럼. 그런데 서울
옷차림이라는 게 따로 있나? 나는 용희의
핀잔에 부끄러움을 느끼면서도, 의심이
들었다. 터미널에 있던 사람들 대부분
나와 비슷한 차림새였던 것이다. 평범하고,
단정하고 일상적인 옷차림들. 반면 용희는
무척 눈에 띄었다. 보세 옷 가게에서 산
모조 가죽 재킷에 딱 붙는 반바지. 무릎까지
올라오는 롱부츠. 그녀는 손가락마다 반지를
꼈고, 스모키 화장을 하고서 긴 속눈썹을
붙였다. 장연 언니를 흉내 낸 차림새였고,
서울 사람의 모습이었다. 하지만 사람들은
모두 용희를 힐끔거렸고, 나는 뭐라 형용할 수

없는 기분이 들었다. 그래도 애써 그러려니
했다. 서울에 자주 와본 사람은 용희였지 내가
아니었으니까. 다행히 홍대에 가까워질수록
나는 덜 부끄러워졌다. 아니, 더 창피해졌다고
해야 하나? 용희와 비슷한 스타일의 사람들이
눈에 띄기 시작했던 것이다. '영희'를 좋아하는
사람들. 서울 사람들. 서울의 제임스들. 공연장
앞에 도착했을 때, 나는 용희 말대로 촌스러운
사람이 되어 있었다. 주위에 온통 용희처럼
입은 사람들투성이였다. 역시 용희는 옳았다.
나는 용희 눈치를 보며 어색하게 웃었다.
행복했다.

   '영희'는 멋졌다. 그래. 그랬다. 전 멤버
모두 진한 화장을 했고, 번쩍거리는 옷을
입었다. 민지 언니는 마이크에 매달리다시피
한 상태로 노래를 불렀고, 장연 언니는 공연

내내 선글라스를 끼고 있었다. 남자 멤버들은
수시로 헤드뱅잉을 하며 긴 머리를 흔들었고,
가끔 가운뎃손가락을 들어 올리며 웃었다.
모든 사람들이 비명에 가까운 소리를 질렀다.
나도 그랬다. 바로 이런 거였구나. 이래서
계속 찾아올 수밖에 없었던 거구나. 나와
비슷한 사람들 사이에 서 있다는 사실이
그토록 황홀할 수 없었다. 내 앞에 민지
언니가 있어. 장연 언니도 있어. '영희'를
제임스하는 사람들이 있어. 그래. 제임스. 내가
좋아하는 걸 함께 좋아하는 사람들. 나는 이들
중 한 명이었다. 언제나 그랬다. 제자리를
찾은 기분이었다. 왜 진작 오지 않았을까.
왜 계속 망설이기만 했을까. 왜 쓸데없는
짓이라고 생각했을까. 나는 진짜로 흥분했고,
결심했다. 이제 서울에 자주 와야지. 더는
애매한 팬으로 남아 있지 말아야지. 제대로

제임스해야지.

공연이 끝나자마자 나는 잔뜩 흥분한
목소리로 용희에게 물었다.

"이제 제임스 만나러 갈 거지? 다들 어디
있어?"

그녀는 대답하지 않았다. 잔뜩 번진 눈
화장을 티슈로 천천히 닦아내기만 했다.
그래. 아주 천천히. 나는 안달이 났다. 충만한
마음에 대한 소통. 환상. 이곳에는 용희를
따르는 사람들이 있었고, 나는 용희의
친구였다. 용희의 글에 감탄하던 사람들.
그녀와 친하게 지내고 싶어 안달이 난 사람들.
이제 그들이 나를 볼 것이다. 특별한 사람의
특별한 친구. 이제 사람들이 우리를 볼
것이다. 그런데 왜 가만히 있는 거야?

"용희야, 오늘 사람들 안 만나? 블로그
이웃들 말이야."

"응. 안 만나."

"왜?"

"그냥."

"공연 올 때마다 만난다고 하지 않았어?"

"꼭 그런 건 아니야."

"왜?"

용희가 살짝 인상을 썼다. 이해할 수 없었다. 주위에 온통 '영희'의 팬들뿐이었다. 아마 이들 중 대부분이 '제임스'일 터였다. 그런데 왜 다들 조용한 거야? 다들 용희를 향해 몰려와야지. 그리고 내게 물어봐야지!

너는 누구야? 용희 친구야?

왜 아무도 우리를 알아보지 못하는 거야?

응?

그 순간, 드디어 누군가 용희의 어깨를 툭 쳤다.

"야, 왔냐?"

이어 그 여자는 용희를 '제임스'라고 불렀다.

스모키 화장에 가죽 재킷, 딱 붙는 반바지와 롱부츠, 손가락을 꽉 채운 반지들과 피어싱. 용희와 똑같은 모습.

나는 침을 삼켰다. 드디어 나타났구나. 결국 이렇게 만났어. 그런데 이 사람은 용희를 왜 제임스라고 부르는 걸까. 왜 이런 식으로 말하는 거지? 어떤 경외심도 동경도 느껴지지 않는 무심한 말투. 냉정한 목소리.

여자가 손가락으로 건너편을 가리키며 말했다.

"너도 인사하러 갈 거지?"

여자의 말이 끝나기도 전에, 용희 얼굴에 생기가 돌았다. 나도 그곳을 향해 고개를 돌렸다. 많은 사람들이 있었다. 그러니까……
스모키 화장에 가죽 재킷, 딱 붙는 반바지와

롱부츠, 손가락을 꽉 채운 반지들과
피어싱……. 나는 그 사람들을, 그 풍경을
멍하니 바라보았다. 그리고 머지않아 그들이
어떤 한 사람을 에워싸고 있다는 사실을 알게
된다.

아주 확실히 알게 된다.

그 사람은…… 키가 크고 늘씬했다.
예뻤다. 스모키 화장에 가죽 재킷……. 그러나,
그 사람은 용희와 달랐다. 우리 옆에 서
있던 여자와도 달랐다. 아니, 주변의 어떤
사람들과도 달랐다. 용희보다 훨씬 비싸고
좋아 보이는 옷을 입어서 그런 게 아니었다.
화장이 더 자연스럽고 예뻐서 그런 게
아니었다. 그 사람은 그냥…… 자기 자신처럼
보였다.

서울 사람처럼 보이지도 않았고,

장연 언니처럼 보이지도 않았고,

제임스하는 사람 같지도 않았고,

그냥 그 사람.

자기 자신.

직후에는 이런 일들이 있었다.

그 사람을 둘러싼 인파가 순식간에
늘어났다. 용희가 그 사람을 향해 달려갔다.
그랬던 것 같다. 얼결에 나도 그들 사이게
끼어들게 되었고, 동시에 인파 바깥으로
밀려났다. 그리고 용희를 놓쳤다. 나는 몇
번이나 친구의 이름을 불렀지만, 어떤 대답도
듣지 못했다. 결국 나는 홍대 거리를 혼자
걸었고, 용희에게 계속 전화를 했다. 핸드폰이
뜨겁게 달아오르는 내내, 용희는 전화를 한
통도 받지 않았다. 나는 걷다 멈춰 섰고, 잠시
가만히 있었다. 보이는 대로 아무 분식집에
들어가 떡볶이와 순대를 먹었다. 지금 내게
무슨 일이 일어난 건지 계속 생각했다. 용희와

나. 그리고 그 사람. 그래서 분식집에서 나오자마자 피시방을 찾았다. 용희의 블로그 〈나의 제임스〉에 실린 모든 글을 꼼꼼히 읽었다. 댓글을 남긴 이들의 블로그에 들어갔다. 그들이 이웃을 맺은 또 다른 블로그에도 들어갔다. '영희'의 팬 카페에 다시 가입했고, 전체 공개된 게시물들을 읽었다. '제임스'를 계속 검색했다. 뭘 찾는지도 모르면서 계속 찾고 또 찾았다. 그리고 결국 몰랐던 사실을 알게 된다.

그렇게 알게 됐다.

똑같은 글. 똑같은 영상. 똑같은 내용을 퍼뜨리는 사람들. 제임스.

제임스들이 읽는 글을 쓰는 사람.

〈나의 제임스〉의 진짜 주인은 공연장 앞에서 목격했던 바로 그 사람이었다. 자기 자신으로 보이던 그 사람. 그 여자. 스모키 화장에…….

그리고

용희는 그의 글을 퍼뜨리는 제임스들 중
한 명이었다.

용희는 제임스였다.

용희야말로 제임스였다.

나는 할 말이 없었다. 그러니까 용희에게
따질 말. 서운함을 토로할 말. 분노를 터뜨릴
말.

어떻게 그러겠는가. 애초 용희를 오해한
건 나였다. 용희는 단 한 번도 내게 자신이
〈나의 제임스〉의 진짜 주인이라고 말한 적이
없었다. 사람들이 자신의 글을 퍼뜨린다고
주장한 적이 없었다. 팬들 사이에 그런
문화가 있다고 말했을 뿐이다. 나는 그 글의
주인이 용희라고 내 마음대로 확신했을
뿐이다. 왜냐하면 용희는 대단하니까. 용희는

멋지니까. 내가 아는 사람들 중 가장…….
그리고 용희는 내게 거짓말을 한 적이
없었다. 서울에 가서 제임스를 만난다는 것도
사실이었고, 그들 중 몇몇과 친해졌다는 것도
사실이었고, 그래, 어떤 남자들이 고백을
해온다는 것도 사실이었겠지. 그리고 설사
사실이 아니라면 어떠한가.

　그래. 어떻단 말인가.


　두 시간 후 용희에게 전화가 걸려왔다.
그녀는 어색한 목소리로 이렇게 말했다.
　"미안해. 핸드폰 배터리가 다 됐지 뭐야."
　그 순간 왜 그랬는지 모르겠는데,
편의점에서 만난 남자의 목소리가 떠올랐다.
그의 목소리가 머릿속에 쾅쾅 울려 퍼졌고,
사라지지 않았다. 미친년. 미친년들. 미친…….

❖

지금 나는 용희에게 말한다.

"그때 네게 물어봤어야 한다는 생각이 들어."

용희는 대답한다.

'뭐를?'

나는 말한다.

"네 마음이 어떤지 말이야. 그날 네 기분도 엉망이었을 거야. 그렇지?"

'……'

"나를 보는 게 민망했을 거야."

'……'

"나는 네게 벌을 주고 싶었던 것 같아."

'……'


그때 너는 어린애에 불과했는데.

나는 그 말을 하려다 관둔다.

그때 옆에서 용희가 속삭인다.

'너도 어렸잖아.'

나는 울지 않으려 노력하며 고개를
돌린다. 아이스크림이 다 녹았다. 조청유과도
없다. 부스러기들뿐이다. 그리고 이제 용희는
내 옆에 없다. 나는 눈을 감는다.
　그래. 나도 어렸지.

하지만 잘 알고 있다. 그 말은 결국
변명에 불과하다는 걸. 용희가 죽은 후,
지금까지 나는 스스로에게 계속 그 핑계를
댔다. 그래. 아주 또렷하게 잘 알고 있다. 또
아는 게 뭐가 있더라. 그래. 1년 전, 2년 전,

그로부터 또 5년 전, 용희가 암 진단을 받고 투병을 시작했을 때, 항암 치료에 실패했을 때, 위험을 무릅쓰고 수술대에 올랐을 때, 그리하여 병원을 찾아갔지만 너무 늦었을 때, 이미 차갑게 식은 용희의 얼굴을 마주했을 때, 비가 오던 칠석.

어떤 기회가 왔을 때마다, 나는 전혀 어리지 않았다는 것.


올해 봄, '영희'는 재결합했다.


네 멤버가 모두 모였다. 싱글 앨범을 냈다. 날카롭고 염세적인 가사는 없었다. 화려한 기타 연주도 없었다. 그렇다고 사랑 노래도 아니었다. 그러나 '영희'의 노래였다. 그들은 마음에 대해 이야기했다. 좋아하는 것을 계속 좋아하는 마음.

제목은 〈제임스를 보내며〉.

비가 그쳤다.

나는 편의점 밖으로 나갔다. 용희와 내가
함께 서 있던 자리는 이제 텅 비어 있다.
아무도 없다. 대신, 저편 테이블에 앉아 있는,
여전히 계속 모여 있는 여자아이들이 눈에
들어온다. 그들은 똑같다. 서로에게 귓속말을
건네며 웃음을 터뜨리고, 잘 멈추지 못한다.
재밌어 보인다. 그 시간에서 빠져나올 생각이
없어 보인다. 솔직히 뭐랄까, 저 애들은 조금
미친 것처럼 보이고, 나는 그게 살짝 웃기다.
　그래, 정말 웃긴 시간이었다.
　나는 앞을 향해 천천히 걸었다. 어깨가
아팠다. 그래도 오늘 공연에서는 손을
흔들어볼까 싶다. 제임스.

# 작가의 말

이 소설을 쓰고, 몇 달 후에 이사를 했다.

물건을 많이 버렸다.

차마 버릴 수 없는 것들도 있었다.

그래도 버렸다.

어차피 기억은 사라지지 않는다.

돌이켜보면 다 웃긴 시간이었다.

2024년 여름

강화길

# 강화길 작가 인터뷰

Q.《영희와 제임스》는 '영희'라는 인디
밴드를 진지하게 사랑했던 두 여자아이들의
이야기입니다. 무언가를 좋아하고 사랑하는
마음을 소재로 한 작품들은 지금까지 여럿
있어왔습니다만 보통 여자아이들이 등장하면
그 대상은 아이돌이었던 것 같아요. 그런데
'용희'와 '나'는 인디 밴드, 그것도 "한없이
진지한 글램록 밴드(16쪽)"를 좋아했지요.
아마도 그 점이 용희와 '나'의 사이를 더
밀접하고 단단하게 만들었을 테고요.《영희와
제임스》를 쓰시며 인디 밴드라는 소재를
가져오신 이유가 듣고 싶습니다.


A.《영희와 제임스》를 쓰기 전에, 저는
X세대가 등장하는 단편소설을 구상했습니다.
그 소설의 주인공은 음악을 종교처럼
여깁니다. 단 한 번도 가본 적 없는 우드스톡

페스티벌을 그리워하고, 사랑하는 록 밴드의
엘피판을 한가득 수집합니다. 음악에 대한
사랑과 열정은 주인공의 전부이며, 젊은 날 그
자체입니다. 세월이 많이 흐른 후, 주인공은
수백 장의 엘피판을 조카에게 물려주기로
약속합니다. 하지만 모종의 이유로 약속은
지켜지지 못합니다. 저 역시 모종의 이유로
그 소설을 완성하지 못했는데요. 대신
《영희와 제임스》를 썼습니다. 용희는 그
X세대 인물과는 전혀 다른 인물이지만, 어떤
면에서는 매우 닮은 사람입니다. 때문에
'영희'는 반드시 글램록 밴드가 되어야 한다고
생각했습니다. 그 X세대 주인공이 수집한
엘피판에는 글램록 밴드의 앨범들이 꽤나
많이 포함되어 있거든요.

**Q.** 용희는 '나'의 친구이자 동경하는 대상이기도 합니다. "소심하고 용기 없는(24쪽)" 나는 인터넷 팬 카페에 가입하고 음악을 듣는 것으로 '덕질'을 대신하는 반면, 용희는 고속버스를 타고 "홍대 앞 클럽에 두 번이나 다녀왔고 최신 앨범은 물론 구하기 힘든 초창기 앨범까지 모두 다 갖고" 있는 데다, "멤버 네 명의 친필 사인도 당연히 갖고(17쪽)" 있으며 〈나의 제임스〉라는 팬 블로그도 운영했어요.

좋아하는 마음을 줄 세울 순 없겠지만 용희도 '나'도 누구의 마음이 더 진심이라 느끼는지는 알고 있어요. 싱겁고 애매한 '나'가 아니라 용희처럼 대담하게 사랑하고 싶어 하지요. 작가님도 용희와 '나'처럼 열렬히 사랑했던 경험이 있으신지, 있으셨다면 용희에 가까웠는지 '나'에 가까웠는지

궁금해요.


    A. 저는 언제나 사랑에 빠져 있긴
합니다. 무언가에 쉽게 호기심을 느끼고,
그 대상의 매력에 깊이 빠지는 편입니다.
좋아할 때는 꽤 열심히 좋아합니다.
하지만 용희처럼 대담해지거나, 한 시절을
오로지 그 '대상'으로 기억할 만큼 모든 걸
쏟아붓는 성격은 아닙니다. 저는 약간 쉽게
시들해지는 편이거든요. 그렇다고 '나'처럼
오랫동안 무언가를 추억하는 편도 되지
못하는 것 같아요. 언젠가는 예전에 좋아했던
배우의 이름을 기억하지 못해서 한참을
고민했거든요. 하지만 저는 이 정도의 온도를
유지하며 사는 걸 좋아하는 것 같아요.

**Q.** '나'가 용희를 부러워하는 데에는 용희의 대담함과 실행력도 있지만, 무엇보다 용희에게는 자기만의 언어가 있었기 때문인 듯합니다. 어쩌면 그것을 진심을 가늠하는 척도로 본 것도 같고요. 용희가 블로그에 쓴 글에는 '표현'과 '언어'가 등장하는가 하면("이상적인 사랑과 우정. 관계에 대한 표현들 중 제임스보다 정확한 표현은 없다. 이것은 새로운 언어다.(18쪽)"), '나'는 현재까지도 자신의 마음을 표현하는 말을 잘 찾지 못하는 것으로 보입니다. "아픈 건 아픈 사람만 아는 법이니까.(15쪽)"라고 말하거나, 지금은 나이가 든 보컬 '민지' 언니를 보면서도 "어쩐지 더 확실한 언어가 있을 것 같은데, 분명 그럴 텐데, 잘 모르겠다.(24쪽)"며 설명할 말을 찾는 데 실패해요.

하지만 작품을 끝까지 읽다 보면 용희의

말들에도 거짓된 구석이 있다는 것을 발견하고 결국 "내 마음을 정확히 표현하는 단어(43쪽)"란 무엇인지, '영희'의 팬들이 그렇게까지 '정확하다'고 말했던 '제임스'가 무얼 말하는지 모호하게 느껴집니다. '나' 역시 끝내 "나는 용희의 마음을 알 수 없었을 것이다. 언제나 그랬으니까.(15쪽)"라고 말한 것처럼요.

정말로 솔직하고 있는 그대로를 담은 말이란 당연히 불가능하겠지만, 그럼에도 사람들은 할 수 있는 한 그에 가깝게 다가가고자 하거나 또는 다가갔다고 믿으면서 자신만의 언어를 찾으려 노력합니다. 작가님처럼 언어를 다루시는 분들께도 "가장 정확한 표현(24쪽)"에 대한 고민이 있을 것 같아요. 작가님은 소설을 쓸 때나 쓰지 않을 때 언어에 관해 어떤 고민과 생각을 갖고 계신가요?

 A. 어릴 때는 말하는 게 쉽다고
생각했어요. 쓰는 건 더 쉽다고
여겼습니다. 실제로 무엇이든 늘 쉽게
썼어요. 저는 항상 제가 할 말을 정확히
알고 있다고 생각했거든요. 제가 쓰는
단어에 망설임이 없었습니다. 그 확신이
언제부터 흔들렸는지는 모르겠습니다.
그 이후로 지금까지, 언어는 저에게 늘
고민과 도전의 대상입니다. 언어는 늘
변화하고, 개인적이면서 사회적이고, 동시에
폭력적이기도 합니다. 하지만 다정하기도
해요. 사실 저는 제가 쓰는 언어를 이렇게
다 드러내는 것이 꽤 부끄럽기도 합니다.
저 자신을 있는 그대로 다 내보이는 것
같거든요. 그럼에도 불구하고, 제가 표현의

재료로 언어를 선택한 데에는 이유가 있을 거라고 생각해요. 그 이유 역시 예전에는 확실하게 알고 있다고 여겼습니다. 지금은 솔직히 잘 모르겠어요. 그래서 그 이유를 알기 위해서라도 조금 더 써봐야겠다고 생각하고 있습니다.

Q. "돌이켜보면 그렇다. 그 시절 우리는 어떤 감정에 한번 빠져들면 거기서 잘 벗어나지 못했다. 멈추지 못했다. 방법을 잘 몰라서 그랬던 것 같기도 하고, 그 감정에 일부러 오래 젖어 있었던 것 같기도 하다. 그냥 그게 좋았으니까.(38쪽)"

이 부분이 《영희와 제임스》라는 소설을 가장 잘 설명한다고 생각했습니다. "어떤 감정"이라는 것은 작품 속에서처럼 우습게 느끼는 것이기도 하고, 좋아하는 마음일 때도 있고, 또 서운함과 화로도 바꾸어 읽을 수 있을 것 같아요. 그렇게 오랫동안 그 감정에 젖어 있다가도, 좋아하던 토마토 파스타가 갑자기 너무 지겹게 느껴져 겁에 질릴 만큼, 정성 들여 운영하던 팬 블로그를 폐쇄하고 남자 친구를 사귈 만큼 한순간에 빠져나오기도 합니다.

작품 속에서 '나'는 그런 때를 "이유 없이 서러워지고 삶의 모든 것이 실망스러워지는 순간"이라고 표현해요. 영원히 나와 함께할 내 것이라고 생각했던 것이 내 손을 떠나버릴 때, 용희는 "그래도 살아가야지. 제임스해야지."라고 비장하게 말합니다(28쪽). 작가님은 그런 상황에 맞닥뜨릴 때 어떻게 하시나요?

A. 저는 그런 상황에서 단 한 번도 현명하게 행동해본 적이 없는 것 같아요. 서운함, 실망감, 슬픔, 그런 감정들에는 면역이 생기기 어려운 것 같습니다. 저는 나약한 태도를 무척 싫어하는데, 그건 일종의 방어기제이기도 합니다. 제가 나약한 사람이라는 걸 잘 알고 있거든요. 그래서 언제나 최선을 다하려 노력했던

것 같습니다. 그리고 대부분 다 망했던 것
같아요. 물론 다행이라고 생각하는 일도 있고,
성공적이었다고 느끼는 순간도 있었지만,
모두 다 찰나에 불과했습니다. 그래도 계속
시간을 쌓았고, 아마 앞으로도 그러겠지요.
그렇게 계속 지내다 보면, 언젠가는 제게
일어난 어떤 일들의 의미를 알게 되는 순간이
오지 않을까요.

Q. 《영희와 제임스》는 거짓과 진실 또는 일방적인 믿음에 관한 이야기로 읽히기도 합니다. 용희는 '제임스'가 아니었고, "음악을 제대로 제임스하고 있었으니까(23쪽)" 연애를 하지 않을 거라고 생각했던 장연 언니는 사실 유명 모델을 사귀고 있었지요.

'나'는 지금에 와서야 이미 세상에 없는 용희에게 "그때 네게 물어봤어야 한다는 생각이 들어.(59쪽)"라고 말합니다. 그래서 솔직한 언어를 갖기 전에 제대로 질문하는 것이 더 중요하다고 느껴지기도 해요. 미성숙한 두 사람에게는 어려웠을지도 모르지만, '나'는 용희의 "너도 어렸잖아."라는 말이 변명에 불과하다고 생각하기도 하잖아요.

'나'처럼 어떤 기회 앞에서 전혀 어리지 않은데도 불구하고 제대로 묻지 못하는

사람들에게 어떤 것이 필요할까요? 그리고
올봄 재결합한 '영희'와 달리, 용희와 '나'는
마지막까지 다시 만나지 못하고 비현실적인
방법으로 서로를 보내게 된 이유도
궁금합니다. 용희를 죽은 인물로 그리신
이유를 여쭐 수 있을까요?

    A. '나'는 용희와 멀어지면서 무척
힘들었을 겁니다. 용희를 잃지 않기 위해
꽤 많은 노력을 기울였을 거예요. 하지만
실패했을 겁니다. 그 과정에서 무수히
좌절하고, 절망하고 또 원한을 품었을 거예요.
때문에 용희의 죽음은 꼭 글자 그대로의
의미만을 갖고 있다고 생각하지는 않습니다.
그럼에도 불구하고 애매하게 처리하지 않은
건, 모호해지고 싶지 않았기 때문입니다. 이미
여러 시간대의 기억이 중첩되며 진행되는

이야기였기 때문에, 설정에서부터 너무 많은 가능성을 열어두면 복잡해질 것 같았습니다. '나'의 애도는 아주 오래되었고, 그래서 후회로 가득하며, 차마 다 하지 못한 말로 가득하다는 것. 그 이야기를 하고 싶었던 것 같습니다.

한 조각의 문학, 위픽 wefic

이서수 《첫사랑이 언니에게 남긴 것》
이경희 《매듭 정리》
송경아 《무지개나래 반려동물 납골당》
현호정 《삼색도》
김 현 《고유한 형태》
이민진 《무칭》
김이환 《더 나은 인간》
안 담 《소녀는 따로 자란다》
조현아 《밥줄광대놀음》
김효인 《새로고침》
전혜진 《고르디우스의 매듭을 자르면》
김청귤 《제습기 다이어트》
최의택 《논터널링》
김유담 《스페이스 M》
전삼혜 《나름에게 가는 길》
최진영 《오로라》
이혁진 《단단하고 녹슬지 않는》
강화길 《영희와 제임스》
이문영 《루카스》
현찬양 《인현왕후의 회빙환을 위하여》
차현지 《다다른 날들》
김성중 《두더지 인간》

위픽은 위즈덤하우스의 단편소설 시리즈입니다.
'단 한 편의 이야기'를 깊게 호흡하는
특별한 경험을 선사합니다.

이 작은 조각이 당신의 세계를 넓혀줄
새로운 한 조각이 되기를.
작은 조각 하나하나가 모여
당신의 이야기가 되기를.

당신의 가슴에 깊이 새겨질
한 조각의 문학, 위픽

wefic - 51

# 영희와 제임스

**초판 1쇄 발행** 2024년 7월 10일
**초판 2쇄 발행** 2024년 9월 4일

**지은이** 강화길
**펴낸이** 최순영

**출판2 본부장** 박태근
**스토리 독자 팀장** 김소연
**편집** 곽선희 김해지 이은정
**디자인** 이세호

**펴낸곳** ㈜위즈덤하우스 **출판등록** 2000년 5월 23일 제13-1071호
**주소** 서울특별시 마포구 양화로 19 합정오피스빌딩 17층
**전화** 02) 2179-5600 **홈페이지** www.wisdomhouse.co.kr

ⓒ 강화길, 2024

**ISBN** 979-11-7171-701-9 04810
979-11-6812-700-5 (세트)

**값** 13,000원